la formiga

la formiga

Altres títols publicats a La Formiga Groga - A partir de 8 anys

29. *Em vaig casar amb els meus pares.* Tessa Julià Dinarès / Valentí Gubianas
31. *Xarop de banya d'unicorn.* Muntsa Mimó / Cristina Sardà
33. *Tarzan dels ximpanzés.* Enric Lluch / Gemma Capdevila
37. *Aventures sense sortir de casa.* Núria Albertí / Cristina Losantos
38. *El misteri de l'espantaocells adormit.* Joan de Déu Prats / Lluïssot
41. *Ricard, el del forat negre.* Pep Mollist / Lucía Serrano
44. *Missió Trobairitz!.* Cinta Arasa / Ignasi Blanch
45. *El país dels dracs.* Jordi Sierra i Fabra / Javi García
48. *El dia que el metro se'ns va empassar.* Gemma Armengol / Tatay
50. *Això és un secret que només sé jo.* Eulàlia Canal / Zuzanna Celej
53. *La tortuga Tranquil·la i altres contes.* Michel Ende / Alberto Pieruz
55. *Amics monstruosos.* Anna Manso / Gabriel Salvadó
61. *Naps & Cols.* Patrícia Boldú / Núria Feijoó
67. *L'ocell que no passava els dijous.* Dolors Garcia i Cornellà / Sílvia Cabestany

Hi ha unes *Propostes didàctiques*, referides a aquest llibre, que els ensenyants poden descarregar-se de manera gratuïta a través d'Internet www.animallibres.cat.

Apartat de correus 6141
08080 Barcelona
www.animallibres.cat
Disseny de la col·lecció: Enric Solbes
Impressió: Romanyà-Valls

1a edició: març, 2016
ISBN: 978-84-15975-86-1
DL: B-1714-2016

la formiga

Jaume Cela

Em dic Aran i m'encanta escriure!

Il·lustracions d'Anna Clariana

animallibres

Per a l'Aran i per a en Nil

La mestra ha tingut una bona idea. Ens ha dit que cada setmana escriuríem un text. Els anirem recollint i per Nadal en farem un llibre que regalarem a la família.

I encara millor: que un altre nen o una altra nena de la classe faci els dibuixos. O sigui, que jo escriuré uns textos i un altre de la classe, que encara no sé qui serà i que dependrà de la sort, perquè l'Anna, la mestra, escriurà els noms de tots els nens i les nenes de la classe en paperets, els doblegarà i els posarà dins d'un barret que tenim, que li diem el barret de la sort, i un cop dins i ben barrejats, una mà innocent els anirà traient d'un en un i els aparellarà.

Depèn de amb qui em toqui treballar, el barret no serà de la sort, sinó de la desgràcia, perquè si em toca amb en Miquel no seré gaire afortunat, perquè és el nen més pesat d'aquest món, tan pesat que si això de ser pesat pesés de veritat, vull dir que poguéssim posar-ho en unes balances, pesaria més que un hipopòtam, un elefant i un diplodocus, tots tres junts. Però si em toca en Miquel no em podré queixar perquè quan l'Anna fa servir el barret de la sort no podem protestar, ni dir ni piu ni fer cap ganyota. «La sort és la sort», diu ella, i jo penso que si em toca en Miquel s'hauria de dir: la desgràcia és la desgràcia.

Doncs cada setmana escriurem un text. Un nen li ha preguntat si havia de ser un conte i ella ha dit que podíem escriure el que volguéssim: un conte, un poema, una notícia, una carta... Millor, he pensat, perquè a mi els contes em cansen. Els començo bé, els continuo bé, però els acabo fatal, perquè em canso. Un dia va venir una escriptora a la classe i ens va dir que, a ella, el que li costava més era el final dels contes que s'inventava, saber-los acabar. I mira, vaig pensar, encara podràs ser escriptor, perquè a tu et passa el mateix.

Cada dilluns haurem d'escriure el text, i haurem de fer-ho amb ordinador, perquè la mestra ens els tornarà corregits i comentats i nosaltres haurem d'entrar les correccions a l'ordinador i després, un cop tot estigui ben polit, sense faltes d'ortografia ni coses que no lliguin, que això encara és més difícil, perquè a vegades les coses dels contes no lliguen bé, com l'allioli que fa l'àvia quan fa fideuà, que hi ha dies que no li queda lligat i no em pregunteu què vol dir això de lligar l'allioli, perquè és cosa de grans, doncs un cop tot ben corregit els imprimirem i els donarem a la nostra parella i l'altra setmana haurem de fer el dibuix. La meva parella dibuixarà el meu text i jo dibuixaré el seu. O el pintaré o podré fer un collage, que són trossos de paper enganxats i que fan bonic. Bé, no sempre, perquè un dia vam fer collages amb fulls de diari i van quedar horrorosos. Una merda com una casa de pagès, però els altres mestres, quan els veien a les parets del passadís, exclamaven: «Oh, que bonics que han quedat!».

A vegades, els mestres diuen aquestes mentides per animar-nos, perquè els collages eren una porqueria.

Doncs ja està explicat. Cada setmana, fins Nadal, un conte, un poema, una endevinalla... vaja, el que vulguem.

A més, com que a mi no em fa mandra escriure –dibuixar sí, perquè no en sé gaire i tinc poca traça triant els colors–, redactaré una introducció sobre el text que vull escriure i l'Anna ja decidirà què en vol fer, d'aquestes introduccions.

Penso que més aviat li agradarà i em dirà que sóc original, com un tal Pasqual, que la meva àvia canta una cançó d'un tal Pasqual que es veu que era molt original.

Per començar escriuré el que ens va passar a casa l'altre dia. Serà una història real perquè les històries que escrivim no cal que sempre siguin inventades. Poden ser reals, que t'hagin passat a tu o a algú altre de veritat.

Em sembla que és una bona pensada, aquesta de començar amb una història real, perquè només hauré de recordar què va passar i explicar-ho, sense haver de pensar en solucions imaginàries.

Primera setmana
Una història real. L'escarabat

L'altre dia, mentre dinàvem, el meu germà, que es diu Bru i fa batxillerat, va explicar que estava llegint un llibre d'un escriptor que té un nom molt estrany i que ara mateix no el podria repetir ni que em matessin, que explicava que un home es desperta un dia al matí, abans d'anar a treballar, i descobreix que s'ha convertit en una mena d'escarabat.

I ja vam ser-hi. El pare va aprofitar per explicar-nos que aquesta història és molt important, que està escrita per un escriptor molt famós i que aquest llibre...

I la mare el va tallar i va dir que no digués res més, perquè si no al meu germà no li caldria llegir-lo, i va dir-li que no fes com quan recomana una pel·lícula, que sempre n'explica el final.

I el pare va defensar-se dient que no era veritat, que ell sabia explicar molt bé les coses.

I l'àvia va intervenir dient que sí, que les explicava tan bé com feia els ous ferrats, que no li sortien mai bé, perquè sempre se li trencava el rovell i tot quedava barrejat.

I el pare va continuar defensant-se i va dir que ell no feia ous ferrats, sinó ous remenats, i que un ou remenat, perquè sigui un ou remenat, ha d'estar remenada la clara amb el rovell. I és veritat, perquè si no es remena quina rucada dir-ne *ous remenats*.

El meu germà va demanar que li deixessin explicar la part de la història de l'home escarabat que havia llegit i, la veritat, feia bastant fàstic. Vaja, a mi no me'n feia, perquè els escarabats, a diferència de la resta de la humanitat, no em fan gaire fàstic, i ni mica de por. No és que siguem amics, però ni gaire fàstic ni mica de por.

Però, i ara arriba la part més emocionant, vaja, no sé si es pot dir emocionant, però ara no em surt cap paraula més, doncs la meva germana, que es diu Mercè i fa segon d'ESO, i ja em direu com pot anar pel món amb un nom tan estrany com aquest, perquè abans n'hi havia moltes, de Mercès, això és el que diu l'àvia, però ara només n'hi ha una i és la meva germana. Si us sembla exagerat penseu quantes Mercès coneixeu? Deu? Tres? Cap?

Cap ni una. Doncs ara en coneixereu una que és la meva germana Mercè, que s'hauria de dir Fina, perquè és molt fina, va començar a posar-se blanca, blanca com la farina, com aquells gelats de xocolata blanca que no m'agraden gens, perquè la xocolata ha de ser ben negra, i va començar a vomitar i va deixar una taula feta una bona porqueria. Després ens va dir que els escarabats li fan venir arcades i ganes de vomitar. L'àvia deia que per culpa d'aquella història la Mercè havia descanviat la pesseta, que ara seria l'euro, perquè de pessetes ja no n'hi ha, però l'àvia es fa uns bons embolics i encara compta en pessetes i amb això de la crisi encara, que la crisi és molt dolenta i la mare sempre ens diu que tanquem els llums i que no deixem

que l'aigua ragi, perquè tot s'apuja menys els sous.

Ja veieu com va acabar aquell dinar a casa meva per culpa de la història que ens va començar a explicar el meu germà d'aquest escriptor que, ara mateix, ni que em matessin a pessigolles, podria dir com es deia.

Segona setmana
Mots encreuats

Aquesta setmana m'inventaré uns mots encreuats, que és molt difícil però cap nena ni cap nen de la classe tindran aquesta idea tan bona i la mestra em felicitarà. Ja veurem com en Nil, que és el nen que m'ha tocat com a parella –no és dels meus amics més amics, però ens avenim. No he fet sort, però tampoc m'ha tocat el rebre.

Començo explicant que uns mots encreuats, per si hi ha algú que no ho sap, és un quadre gros amb quadrets petits a dins i cada quadret té una lletra.

Dins de cada quadret hi has d'escriure una de les lletres d'una paraula que has d'endevinar gràcies a unes pistes que et donaré. No sé si m'explico prou bé, però potser ho veureu millor amb un exemple.

Si dic: nom d'animal que viu al mar i que tothom es pensa que és un peix, però és un mamífer, que jo ho sé molt bé, perquè sé moltes coses del mar i dels animals que hi viuen.

Ho heu endevinat? Bé, us dono una pisteta que sempre s'ha de donar: té quatre LLETRES.

...

D'acord... és el DOFÍ. Felicitats, perquè sou molt espavilats.

Doncs ara faig el dibuix dels mots encreuats i hi poso les paraules que heu d'endevinar.

	1	2	3	4
1	C	O	S	A
2	A	N	E	C
3	C	E	R	A
4	A	S	E	S

Ara escric les definicions, que són les pistes que us dono:

Verticals

Aviso que les verticals van de dalt a baix o a l'inrevés, però si és a l'inrevés has de dir-ho.

1. La fem al vàter i quan és dura i cau fa plof! I si és toveta fa pif!
2. Les veus al mar i els pares i les mares no et deixen banyar si n'hi ha moltes i són

fortes, que et pots ofegar, i si t'ofegues i no et salva ningú, doncs et mores i quin disgust que dónes a la família i als amics.

3. Encara no ho ets. Per exemple, un nen vol ser metge i ho diu: jo... metge.
4. A l'inrevés, ho diem en castellà quan volem treure una cosa: Treu això d'aquí, doncs com diem «treu» en castellà? Ho heu entès bé? Doncs ja no puc explicar-ho més clar, eh!

Horitzontals

Van d'esquerra a dreta o a l'inrevés, però has de dir-ho també.

1. Ho és tot quan no saps com dir-ho. Bé, tot però sobretot que es pugui tocar o veure. Tinc una... a la butxaca.
2. És un ocell que va per l'aigua, i en un conte és lleig de debò i la sorpresa ar-

riba al final, perquè no és el que ens pensem, que és un cigne.

3. Diuen que ho fabriquen els cucs que tenim dins les orelles, però a mi em sembla que és una broma i que la fabriquen les abelles i ara n'hi deu haver menys, perquè vaig sentir que la meva germana, la Mercè, que és molt ecologista, deia que si les abelles es morissin totes la vida a la Terra deixaria d'existir. O sigui que poca broma perquè acabaríem tots morts, perquè després ens en riguem, de les abelles. Bé, pitjor ho tenen les mosques, perquè les abelles piquen, i quan piquen, piquen.
4. Molts rucs junts. Bé, només que n'hi hagi dos ja n'hi ha prou. O sigui, que és una paraula en plural i per ajudar aquells que sou una mica rucs per fer

uns mots encreuats us recordo que aquesta paraula ha d'acabar en essa.

Apa, doncs, que us ho passeu pipa amb aquests mots encreuats tan ben fets.

La mestra em posarà un set o un set i mig, però això no cal que ho dibuixi el meu dibuixant.

Tercera setmana
Conte de la pau

Ara sí que em decideixo a escriure un conte i el faré sobre la pau, perquè aquesta setmana celebrarem amb unes altres escoles el dia de la Pau. Ja ens fa falta, perquè les guerres són molt dolentes. Jo no sé per què els grans en fan, de guerres, però si volen fer-ne haurien de mirar de no embolicar-nos a nosaltres, els nens i les nenes. Una bomba quan cau no diu: «Ai, no explotaré aquí, en aquesta casa, perquè hi ha criatures!». I ara! Les bombes no pensen, exploten, fan tot el mal que poden i demà serà un altre dia.

Però la culpa la tenen les persones grans, perquè les bombes no cauen soles. Bé, potser hauria de dir que la culpa la tenen algunes persones grans, perquè als de casa no me'ls imagino ballant d'alegria perquè caiguin bombes o perquè hi hagi guerres.

Els mestres ens han demanat que escrivíssim una frase sobre la pau. Jo he dit que la pau vol dir ajudar els altres. L'Anna m'ha felicitat per aquesta frase.

La que m'ha agradat més és la d'una nena que es diu Laia, que ha escrit que la pau volia dir poder riure en pau. Hem votat i hem escollit aquesta per a un mural que farem tota l'escola.

Quan parlem de la pau tothom pensa en la guerra. Això és indiscutible.

Ningú vol la guerra. Els de sisè de l'escola han preparat una enquesta i han preguntat a la gent gran si volien les guerres i tots, però tots, han contestat que no.

Aleshores, per què n'hi ha?

Perquè hi ha gent gran, ja ho he dit abans, que els interessa que n'hi hagi. El meu germà diu que els venedors d'armes s'omplen les butxaques venent tancs, avions de combat, metralladores, bombes de tota mena...

No hi ha qui els entengui, els grans. És clar que jo, a vegades, em barallo amb alguns de la classe, sobretot amb en Piula, que es diu Manel, però amb el sobrenom que li hem posat ja us podeu imaginar com és. Sempre està burxant i empipant i, a vegades, t'has de defensar i acabem barallant-nos, però una baralla com les nostres no són cap guerra, que hi ha moltes diferències, que jo no li tiro bombes, ni li disparo amb una arma superatòmica. Li dono una empenta, ell me la torna i ja s'ha acabat la guerra. A vegades, abans i tot, perquè l'Anna sempre vigila molt i vigila molt bé i quan veu que estem escalfant-nos més del compte ens diu «Ep, les mans a les butxaques», i si veu que ens volem insultar afegeix: «I la llengua dins la boca, que calladets esteu més bufons».

Doncs jo he escrit aquest conte per la pau i estic segur que en Nil en farà uns dibuixos molt bonics i els meus protagonistes seran molt divertits. Està de sort, en Nil, perquè jo escric bastant bé. Ell, però, dibuixa molt millor que jo, i mirat d'aquesta banda ell no està tant de sort, perquè els meus dibuixos fan una mica de pena.

LA VACA I LA CABRA

Vet aquí que una vegada, en un poble que es deia Faluga de Dalt, hi vivia una vaca que donava molta llet. «Per donar i per vendre», deia la seva mestressa. I era llet de primera qualitat.

Vet aquí que la mateixa vegada que abans, en un poble que es deia Faluga de Baix, hi vivia una cabra que donava molta llet. «Per donar i per vendre», deia la seva mestressa. I també era llet de primera qualitat.

Però aquesta vaca i aquesta cabra no s'havien vist mai en persona, bé, vull dir en vaca o en cabra. Només es coneixien d'oïdes, perquè la seva fama de bones lleteres havia arribat a tota la comarca.

Tenien, però, un problema que feia molt de temps que durava: els habitants de Faluga de Dalt i els de Faluga de Baix s'odiaven a mort i sempre es feien la guitza.

Va arribar un dia que van començar una guerra amb bombes i tot. I en aquella vall només se sentien els barrabums de les bombes i les lamentacions de les criatures, que no en tenien cap culpa i que no podien sortir al carrer a jugar, de tantes bombes que queien.

La vaca, que es deia Tetotes, perquè tenia les tetes molt grosses, va pensar enviar un missatge a la cabra, que es deia Tetones, perquè tenia les tetes molt rodones.

En aquest missatge li havia escrit el següent –com que era una vaca molt llesta sabia llegir i escriure, i la cabra també, a més de fer ganxet i saltar a corda–:

Estimada Tetones,

No ens coneixem personalment, però per culpa d'aquesta guerra sé que al teu poble esteu patint d'allò més, i tu deus saber que al meu ens passa el mateix. Qui en té la culpa? Doncs alguns éssers humans que són més rucs que ni fets d'encàrrec i per qualsevol bestiesa se les tenen. Però, vols saber-ne una de bona? La majoria de gent del meu poble no saben per què fan la guerra, perquè quan la mestressa em muny sento que rondina i mig plora mentre repeteix una vegada i una altra: «A què treu cap, aquesta desgraciada guerra que només fa que fer patir la gent, sobretot els més menuts del poble!».

I afegeix: «I estic convençuda que la bona gent de Faluga de Baix deuen pensar, si fa o no fa, el mateix que jo».

Jo ho veig com la meva mestressa i estic

convençuda que tu també ho veus com nosaltres. Fins i tot crec que la teva mestressa deu pensar igual.

Hem d'aturar aquesta maleïda guerra, perquè qui més pateix són les criatures.

Fa dos o tres vespres, que no podia dormir per culpa del sorolls de les bombes, vaig tenir una pensada...

La vaca va fer arribar el seu missatge gràcies a una cotorra que feia temps que s'havia instal·lat al seu poble vinguda de qui sap on.

Quan la cabra va llegir la carta, va pensar que la pensada de la vaca era el millor encert d'aquest món i no va tardar ni deu minuts a escriure-li una resposta i fer servir també la cotorra de correu.

Estimada Tetotes,

Estic molt contenta que em facis confiança i, a més, estic d'acord amb tu. Ja veig que som dues ànimes bessones, potser perquè totes dues tenim unes bones tetes. Jo també em faig farts de patir pensant en aquesta guerra tan poca-solta, i quan sento tot el sant dia el soroll de les bombes, els trets dels fusells i els plors de les criatures se m'encongeix el cor i se m'escurcen les banyes. La teva pensada em sembla molt bona i hem de tirar-la endavant.

La cotorra va fer arribar la carta de la cabra a la vaca i totes dues es van posar mans a la feina.

La pensada era aquesta:

A les tres de la tarda, quan el sol pica de valent i sembla que la guerra s'atura una estona perquè la gent està cansada i vol fer una

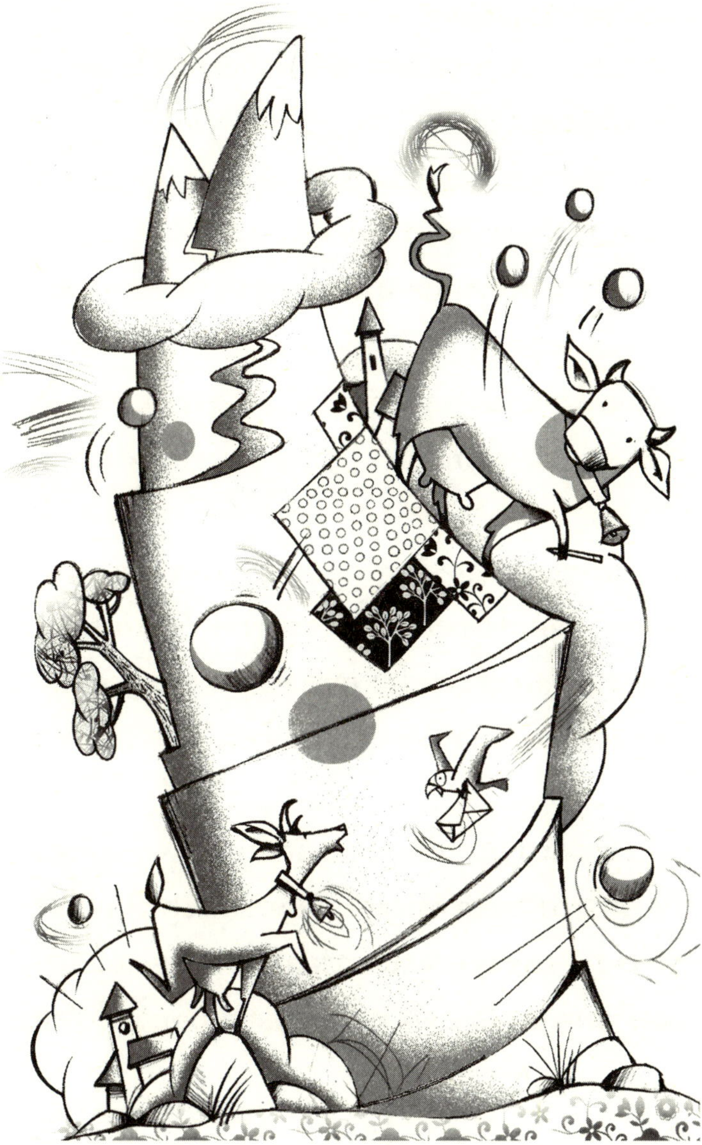

mica de migdiada, la vaca i la cabra sortirien dels seus corrals i anirien avançant l'una cap al poble de l'altra.

I així van fer-ho, però encara no sabem per què. Els vigilants dels dos pobles que estaven pendents de què passava al camp de batalla, van veure els dos animals quan es trobaven i s'aturaven i semblava que parlessin una estona, com dues bones amigues de tota la vida.

Els vigilants, sorpresos per aquella conducta, van despertar els generals, però tampoc no van entendre què es portaven entre banyes els dos animals que, ben pensat, eren els menys animals de tota aquella contrada.

Al cap d'una estoneta de conversa, la vaca va caminar una mica apressada cap al poble de la cabra i quan va arribar va anar casa per casa donant llet als nens i nenes que tenien gana, perquè els seus pares, enfeinats com estaven a engegar trets a tort i a dret, havien abandonat les feines del camp i cada dia el rebost era més buit.

La cabra va fer el mateix, però al poble de la vaca.

I aleshores, les criatures que bevien sempre llet de vaca van descobrir com n'era de bona la de cabra, i les que en bevien sempre de cabra van saber que rebona que era la de vaca.

Van decidir sortir al carrer en manifestació cap al poble veí i, és clar, es van trobar a mig camí i tot van ser petons i abraçades.

Els grans van haver de deixar de fer-se la guerra, perquè haurien matat els seus fills, i la pau va regnar per sempre més i cada dia es trobaven una estona i reien.

La vaca i la cabra van demanar anar a viure juntes i just a la meitat del camí que separava els dos pobles, que és on s'havien trobat elles i també les criatures, els van construir un corral, i els nens i les nenes hi van quan tenen ganes de beure llet, i uns dies tasten la de la Tetones i un altre la de la Tetotes, i totes dues els semblen la mar de bones.

I conte contat, conte acabat i si no és mentida... és veritat.

Quarta setmana
Història trista

El meu millor amic del món és en Quim, que fa el mateix curs que jo, però va a l'altra classe.

Sempre que podem ens ajuntem. A més, som gairebé veïns d'escala, hem anat a la llar d'infants junts i ens deien «els inseparables». També anem al cau junts i les nostres famílies són amigues. Tot això ens ho ha posat fàcil perquè en Quim sigui el meu millor amic i jo el seu. Som bons amics i crec que tenir bons amics és una de les coses més bones que et poden passar en aquest món.

Cada matí ens esperem per anar a l'escola. Bé, sempre li toca a ell esperar, perquè jo no sóc gaire puntual, i els de casa, tampoc. En canvi, en Quim és com un rellotge, però que s'avança. Si diu a les quatre, ja t'espera mitja hora abans. Per tant, ara que hi penso, no és gaire puntual tampoc, perquè ser puntual vol dir arribar a l'hora que heu quedat, no mitja hora abans o mitja hora després.

Bé, doncs l'altre dia m'esperava com sempre davant de casa seva i, com que el conec molt, només veure'l vaig saber que estava molt trist. Com que ens ho expliquem tot, perquè ja he dit que érem els més amics dels amics, em va dir, mentre s'aguantava les ganes de plorar, que se li havia mort el moix, que és el seu gat i que es diu Moix, que vol dir gat.

Ell ja m'havia explicat que feia dies que estava malalt i el veterinari ja els havia avisat que no viuria gaires dies més. En va viure cinc, que no en són molts, oi?

Jo vaig intentar consolar-lo, però fins a l'hora del pati, que vam poder anar a un racó que no ens veiés ningú i en Quim va poder plorar, no em va semblar que millorava gaire. I és que plorar va molt bé. Té raó la mare, que sempre diu que poder plorar soluciona mig problema. Només mig, però mig, si ho compares amb res, ja és alguna cosa.

Doncs va plorar una estona i jo procurava amagar-lo perquè ningú no el veiés i vam tenir la mala sort que ens va descobrir el nen més ruc de l'escola i, quan vaig veure que s'acostava amb ganes de fer broma –ho portava dibuixat a la cara, com diu el pare, que sempre diu que tot ho portem dibuixat a la cara–, em vaig avançar un parell de metres i, tot i que és més gran que jo, el vaig mirar directament als ulls i li vaig engaltar: «Si dius una bestiesa de les teves, et faig una cara nova aquí mateix».

Em vaig quedar sorprès quan vaig sentir les meves paraules, perquè mai de la vida les havia dit abans. Les devia haver sentit en alguna de les pel·lícules que lloga el meu germà les tardes de diumenge que no té res a fer i s'escarxofa al sofà i tu has de seure a la punteta, perquè el senyor és el senyor.

Però no sé si va ser pel convenciment amb què les vaig dir que el nen més ruc de l'escola no va obrir boca. Va girar cua i se'n va anar a jugar a futbol amb els de la seva classe.

En Quim, l'endemà, em va dir que dissabte anirien a Espinelves, a enterrar en Moix al jardí de la casa que tenen, i que si el volia acompanyar.

«I tant», li vaig dir convençut. Jo sabia que ell em necessitava, i els amics han de ser-hi quan et necessiten o quan els necessites. A més, alguna cosa em deia que els pares també vindrien.

Doncs avui explicaré l'enterrament d'en Moix.

S'HA MORT EN MOIX, EL GAT DEL MEU AMIC —DEL MEU MILLOR AMIC— QUIM. UNA HISTÒRIA TRISTA

Vam arribar a Espinelves cap allà les onze. Jo vaig anar amb el cotxe dels pares d'en Quim i la seva germana ocuparia el meu lloc al nostre cotxe, i així podria anar amb la meva germana, i segur que es passarien tot el viatge mirant revistes de cantants, que sempre estan amb les revistes de cantants.

Portaven el Moix dins d'una bossa de gimnàs, de color verd clar, i el gat estava dins d'una bossa de plàstic.

Feia un dia una mica núvol i quan vam arribar al poble vam veure que devia haver plogut una estona abans perquè tot era moll. La mare d'en Quim va dir que havia anat bé, aquella pluja, perquè hauria estovat la terra. De primer no vaig entendre per què ho deia, però més endavant sí, quan vaig veure que calia cavar un forat una mica fondo.

Vaig distreure molt en Quim durant tot el viatge, perquè li vaig estar explicant acudits i vam jugar a endevinar persones. És un joc molt divertit i emocionant. Tu penses en una persona i l'altre et fa preguntes com aquestes: si fos un animal, quin animal seria?, si fos un cotxe, quin cotxe seria?, si fos una paraula, quina paraula seria...?, i així fins que l'endevines o et rendeixes.

Ara bé, només arribar i travessar la porta del jardí, a en Quim se li va fer agra la cara, com quan beus llet passada, no sé com dir-ho, tenia una expressió agra, trista i agra i jo ja m'entenc, que no sempre ho saps o ho pots explicar tot.

Primer vam baixar les bosses del menjar i de la roba, perquè ens hi quedaríem tot el cap de setmana. Mentre pujàvem a les habitacions, el pare d'en Quim i el seu germà gran van obrir el garatge i van treure un pic i una pala.

Després, i fent molt de silenci, ens vam reunir tots mentre el pare i el germà d'en Quim començaven a cavar el forat. Quan el van tenir acabat, en Quim va agafar el seu moix i el va ficar dins del forat. La seva germana va posar-hi unes flors al costat de la bossa i una pilota de goma, que era la pilota amb què jugava el gat.

Quan van començar a tirar la terra damunt de la bossa per enterrar el gat, en Quim va dir que esperessin un moment. No sabíem què volia fer, però se'n va anar corrents cap a casa i al cap d'un parell de minuts, que a mi se'm van fer eterns, va tornar amb una fotografia, la que tenia penjada a la seva habitació, de quan era petit i tenia el moix a la falda i feien molt riure, perquè en Quim reia i el moix semblava que també reia i tenia la pota aixecada, fregant-li la galta. La va posar dins del forat perquè li fes companyia.

Van triar enterrar-lo a sota d'un desmai, que és l'arbre que més m'agrada del món i a en Quim també, perquè és com una medusa, que també m'agraden molt i a en Quim no tant, però que no pica, com un paraigua obert, perquè a mi també m'agraden molt els paraigües oberts, tancats no, sobretot vistos des dels terrats, que semblen meduses nedant per la ciutat o bolets amb potes.

A en Quim, els paraigües, tant si estan oberts com si estan tancats, no li fan ni fred ni calor, ni fu ni fa, com aquell que diu.

Aleshores, en Quim va penjar en una de les branques una mena de niu d'ocells que havia fet amb una capsa de sabates. En un dels costats havia obert un forat rodó, igual que els que havia vist en una revista, perquè els ocells s'hi poguessin amagar. La va penjar a la branca que quedava sobre la tomba del moix i, quan ja estava enterrat, va escampar-hi molles de pa, perquè vinguessin els ocells. Jo vaig pensar que si els ocells sabien que hi havia enterrat un gat potser no s'hi acostarien, perquè els gats i els ocells no s'estimen gaire. Vaig pensar que les formigues sí que hi anirien, però tot això ho vaig pensar i no vaig dir res.

Després, en Quim, la seva mare i jo ens vam quedar asseguts allà mateix. La germana d'en Quim va posar damunt de la petita muntanyeta que havien fet una pedra blanca i molt plana perquè sempre sabéssim que estava allí sota.

En Quim va plorar una estona en silenci. Li queien unes llàgrimes molt grosses, com quan plou i veus com les gotes rellisquen pel vidre, i jo em vaig aguantar les ganes de plorar, però també en tenia, perquè en Quim em feia molta pena.

Vam estar una bona estona en silenci. Jo tenia la mà d'en Quim ben agafada i em sem-

bla que li va agradar. Quan l'hi vaig deixar anar, sentia pessigolles als dits.

Després, vam aixecar-nos i vam anar a veure si trobàvem algun conill o algun esquirol, que acostumen a passejar com si aquell jardí fos casa seva.

En Quim, quan semblava que ja no pensava en el seu moix, em va preguntar si els morts estaven sols. Jo no vaig saber què dir, però ell mateix es va contestar. Va dir que gairebé segur que sí, però que amb els ocells que anirien a viure dins el refugi que els havia preparat i amb la seva fotografia, el seu moix sempre estaria acompanyat. I amb les formigues, vaig pensar jo una altra vegada, però no vaig dir res, perquè em sembla que en aquests moments més val callar.

Vam estar bé tot el cap de setmana i quan va arribar el moment de marxar, en Quim em va demanar que l'acompanyés a la tomba del moix i va agafar la pedra que la seva germana havia posat al damunt i li va fer un petó. Jo el vaig imitar.

Durant tot el viatge de tornada no vam parlar més del moix. En Quim es va adormir una estona i jo vaig pensar que la mort era una cosa molt trista, ja sé que dient això descobreixo la sopa d'all, però és així i em sembla important recordar-ho.

Ara bé, si tens un amic al costat no et sents tan malament. Vaja, confio que, en el tràngol que va passar en Quim amb la mort del seu Moix, la meva companyia el va ajudar.

I una altra cosa: les gotes de pluja són com les llàgrimes del cel.

Cinquena setmana
Qui o què som?

La mestra ens ha llegit el començament d'*Alícia en Terra de Meravelles*. Sempre ens llegeix començaments de llibres per veure si ens hi enganxem, i jo sóc dels que m'hi enganxo, perquè m'agrada molt llegir. Em fa creure que sóc algun dels personatges dels llibres que llegeixo i que visc les seves aventures. Jo sempre trio ser els personatges més valents i els més guapos, és clar.

Ens ha dit que si l'Alícia no hagués acceptat tirar-se de cap, i tot ella darrere, dins el forat de l'arbre seguint aquell misteriós conill que parla i mira l'hora en un rellotge de butxaca que porta, no hi hauria història i que si nosaltres ens aturem al costat del forat i no som prou valents per acompanyar l'Alícia no sabrem què redimonis li passa. La setmana vinent començaré a llegir-lo, perquè la mare m'ha dit que n'hi ha un exemplar a casa dels avis i que els puc demanar que me'l deixin. Els avis tenen tants llibres que casa seva sembla una biblioteca.

Com que l'Alícia creix i es fa petita segons on és, no acaba de saber qui és i, pobra nena, passa moltes angúnies i bastants maldecaps.

Jo ja m'imaginava què ens demanaria la mestra i no m'he equivocat. Ens ha demanat que escrivíssim una història que comencés quan ens despertem i anem al vàter a fer el primer pipí del dia, que és quan estem mig adormits i tot el que veiem i pensem sembla que estigui entre boires. Un cop feta la feina, hem de mirar-nos al mirall i explicar en què ens hem convertit.

En Roc, que sempre pregunta el que ja sabem, ha dit si podia ser un diplodocus i la mestra li ha contestat que sí, perquè si ha dit que ens podíem convertir en qualsevol cosa ens podem convertir en un diplodocus.

I podem ser un vent? Ha preguntat la Sílvia. Doncs també, podem ser el que vulguem, tot i que ser un vent és una cosa molt difícil.

I un cagarro? Ha preguntat un altre nen que és molt simpàtic i sempre fa preguntes divertides, i tots hem rigut, l'Anna també, i li ha contestat que sí, que també podria ser un cagarro, però que seria una llàstima, perquè ser un cagarro no dóna per gaire. Tractant-se d'aquest nen, he pensat jo, no n'estaria tan segur.

No és gens fàcil, aquesta redacció, però s'ha de fer, perquè, si no, la mestra arrufarà el nas i quan ella arrufa el nas... doncs que arrufa el nas.

Ja sé el títol que tindrà la meva història: QUI SÓC? Trobo que és curtet i té intriga, perquè tothom es preguntarà qui és aquest que pregunta qui és.

A més a més, he pensat un final que a l'Anna li agradarà molt i sé que em felicitarà, perquè a ella li agrada molt la poesia i aquests dies ens ha fet aprendre de memòria, per recitar després davant de tots els nens i nenes de l'escola, uns poemes d'una senyora que es diu Joana Raspall –quan ens va dir el cognom ens vam posar a riure tota la classe i l'Anna ens va dir que no sabia que tenia una classe de parvulari, i amb això ens volia dir que estàvem actuant com si fóssim nens petits, però què voleu que us digui, a mi em va fer molta gràcia que es digués Raspall. Vaig pensar que podria haver-hi un poeta que es digués Escuradents o Gomadesborrar.

A l'hora del pati vam passar-nos tota l'estona jugant a trobar cognoms divertits i el més divertit el va trobar l'Imma, que va dir que un poeta es podia dir Peixbullitespiadimonis, així, tot enganxat.

A la classe tenim penjada, al costat de la pissarra, una fotografia d'aquesta poetessa i té els cabells blancs, semblen molt suaus, i somriu. Té cara de bona persona i sap escriure molt bé.

Doncs acabaré el meu text amb una sorpresa per a l'Anna.

QUI SÓC?

Un diumenge que feia molt de vent, quan em vaig despertar –devien ser les vuit o quarts de nou, a casa tothom dormia encara– per anar a fer un pipí em vaig mirar al mirall del lavabo, però de primer moment no vaig fer cas del que vaig veure, perquè em vaig pensar que encara estava mig adormit. Vaig fer allò tan suat de fregar-me els ulls, però al mirall continuava apareixent...

Després vaig rentar-me la cara i vaig tancar els ulls amb força i els vaig obrir de cop, al cap de mig minut. Res no havia canviat. I em vaig pessigar, que això ho fan a les pel·lícules per saber que no estan somiant.

Però res de res, estava ben despert i el que veia davant del mirall era un home que es mirava al mirall.

Al cap de ben poca estoneta vaig descobrir que aquell home que es mirava al mirall era jo, però que devia tenir cent anys o més. Vaja, que era jo mirant-me al mirall però amb més de cent anys a sobre, que són molt anys, ben mirat, tot i que si no hi ha sorpreses, els meus avis hi arribaran, perquè ara són grans però tenen una salut de ferro. I tots quatre, que tinc la sort que tots quatre encara viuen.

El més curiós de tot és que no em vaig preocupar ni espantar gens, perquè pensava que era una persona afortunada perquè havia arribat a cent anys i em trobava bé. Tan bé que podia aixecar-me del llit tot sol, sense cap mena d'ajuda, anar al lavabo a fer el meu primer pipí del dia i mirar-me al mirall.

Això sí, tenia moltes arrugues. M'hauria anat bé un bon cop de planxa, com fa la mare cada maleït dissabte, amb la maleïda planxa i la maleïda post de planxar, que sempre que planxa diu això de «la maleïda planxa» i de «la maleïda post de planxar», perquè planxar és la cosa que odia més d'aquest món. Més que fregar o que treure la pols. Al pare, el que li agrada menys és estendre la roba i fer els vidres de les finestres, que a casa n'hi ha més de quaranta.

Tornant a la mare, he de dir que planxar és la segona feina que li agrada menys, perquè la primera –tot i que no és una feina– és que li preguntin si està nerviosa quan està nerviosa. Si quan planxa, que és quan està més nerviosa, li preguntes si està nerviosa... Ui! L'has ben cagada, nen!

Bé, doncs al mirall se'm veia a mi amb cent anys o més, la cara arrugada i els ulls una mica empetitits, però encara conservava el color blau cel que diu el pare que és l'herència més bonica que he rebut, perquè tinc els ulls molt bonics, vaja, tothom m'ho diu i no és per presumir, és clar, que ara ho deixi escrit en aquesta redacció, perquè ho dic perquè m'estic descrivint i és el que em diuen quan els altres em diuen com sóc.

Doncs els ulls blaus, empetitits, però gens pansits, la cara plena d'arrugues i d'unes taquetes de tons marrons, com gotes de cafè amb llet que haguessin caigut a les tovalles que fem servir els dies de festa. Em faltaven tres o quatre dents. Per tant, millor no riure gaire, i tenia entrades, però els cabells encara negres, com els de la mare, que és una altra herència bona que he rebut, perquè si hagués heretat els cabells del pare ara seria calb, amb una bona calba brillant, com enllustrada, com si la lluna hagués tingut bessonada i un dels fill fos la calba del pare i l'altre la del tiet, el seu germà, que és quatre anys més gran, però semblen bessons.

Però encara vaig veure una altra cosa. D'un costat del mirall sortia la Joana Raspall, igual que a la fotografia que tenim penjada a la classe. Se m'acostava i em feia un petó a la galta, i a mi em va semblar que feia olor de farigola o l'olor d'aquells tes que es prepara la mare, i em deia: «Has recitat el meu poema molt bé i t'he volgut felicitar».

I desapareixia misteriosament, tan misteriosament com havia aparegut al mirall.

Jo continuava mirant-me amb la boca oberta, com una o majúscula, i sense les quatre dents, i el temps tornava enrere i m'anava rejovenint, les arrugues se m'anaven desdibuixant i les dents em creixien i em semblava sentir com les arrels se'm clavaven a les genives, però no sentia cap mena de mal, com tampoc el deu sentir la terra quan els arbres hi enfonsen les arrels.

No sé quanta estona va durar aquell viatge en el temps, però, al final de tot, la imatge que veia al mirall tornava a ser la meva, la que tinc aquests dies.

Ja tornava a ser com sóc ara, però estava una mica més content perquè la Joana Raspall m'havia felicitat i perquè havia vist que arribaria als cent anys amb bona salut, dins de tot, com els meus quatre avis.

Sisena setmana
Poema

Ja ho veia a venir. Sabia que l'Anna ens demanaria que provéssim d'escriure un poema. Tanta Joana Raspall era un avís. De fet no és cap cosa nova, perquè cada any ens en fan escriure uns quants.

Per anar fent boca, aquests dies, a més dels poemes de la Joana Raspall, n'hem llegit d'en Miquel Desclot, que ha fet seixanta anys. També és una mica gran, però molt més jove que la Joana Raspall. També hem penjat una fotografia seva a l'altre costat de la pissarra.

Els poetes o les poetesses juguen amb les paraules. L'Anna ens ha dit que nosaltres, sense saber-ho i a vegades, som com els grans poetes, perquè també juguem amb les paraules i perquè no tenim vergonya, i això no sé si ho deia amb segones.

Després d'haver llegit, comentat entre nosaltres, après de memòria i recitat alguns poemes, ens ha arribat l'hora d'escriure'n un.

L'Anna ens ha demanat que tinguéssim els sentits ben oberts. Per poder escriure poemes, contes o el que sigui has de tenir els sentits ben desperts. Ens ha explicat que per saber què és una paella d'arròs cal tastar-la i olorar-la. No n'hi ha prou amb veure com l'arròs fa xup-xup. I que per saber com és el so d'una flauta travessera o d'una flauta de pastor o el so del vent, cal escoltar amb molta atenció.

Jo he pensat que això que ens explicava era ben veritat perquè a vegades ens pensem que perquè mirem una cosa ja sabem com és, que ja en tenim prou. I no. Per exemple, per saber com és un gat cal passar-li la mà suaument per damunt de la pell, notar-ne els pèls a la mà. Si no ho fas, no pots saber què és un gat. Bé, pots saber-ne coses: si és gros, negre i si té la cua molt llarga o si algun d'aquests desgraciats que hi ha pel món i que fan mal als animals li ha tallat la cua per riure una estona.

Jo no sabia quin poema escriure. Potser un sobre el mar, que m'agrada molt banyar-m'hi i podria fer servir tots els sentits. O sobre la primavera. Però he pensat que tota la classe escriuria sobre el mar o sobre la primavera, i jo volia escriure un poema sobre un tema original.

I m'ha vingut la inspiració mentre badava des de la finestra de casa i veia com un nen petit inflava un globus i quan ja el tenia ben inflat i el deixava anar, el globus volava com si es tornés boig. M'he passat una bona estona mirant aquell nen com jugava amb el globus, fins que ha tingut tanta mala fortuna que s'ha punxat amb un vidre que hi ha dalt d'un mur, per evitar que la gent el salti i entri en un lloc que està prohibit.

M'he passat una bona estona imaginant el so del globus quan es desinflava, perquè el més curiós és que no ha petat, s'ha desinflat. El so devia ser aquest: fffff!

Aleshores he tingut una idea molt bona. Buscaré paraules al diccionari que tinguin aquest so i quan el llegim semblarà que el globus s'infla o es desinfla.

M'ha donat molta feina, però m'ho he passat bé, perquè semblava un joc.

M'ha agradat molt la paraula *funest*, que vol dir que porta la mort i m'anirà molt bé, perquè el globus s'acabarà morint, perquè un globus, quan es desinfla, és com si es morís. I també faré sortir *flàccid*, que vol dir flonjo. I, mira, *flonjo* també em pot anar bé.

He recollit una bona colla de paraules amb la lletra efa i també amb la lletra essa, que també fem servir per dibuixar el so que deu fer el vent. Són sons i lletres de vent.

Ja estic preparat, tot i que no sembla fàcil, jo no em rendeixo.

EL GLOBUS DE FOC

Des de la finestra
veig com un infant feliç
infla un globus de foc.
El vent el fa volar
entre el fum del carrer.
Els fanals li fan bona cara
perquè veuen feliç
el globus de foç.
Fins que un vidre,
fastigós i funest,
l'ha ferit de mort.
El globus es desinfla
sens fre. Flàccid.

Òndia, em sembla que m'ha quedat molt bé, però hauré de practicar molt per poder-lo recitar i que faci la sensació que el globus es desinfla.

Estic convençut que en Nil dibuixarà aquest poema com si fos un còmic, perquè explica una història.

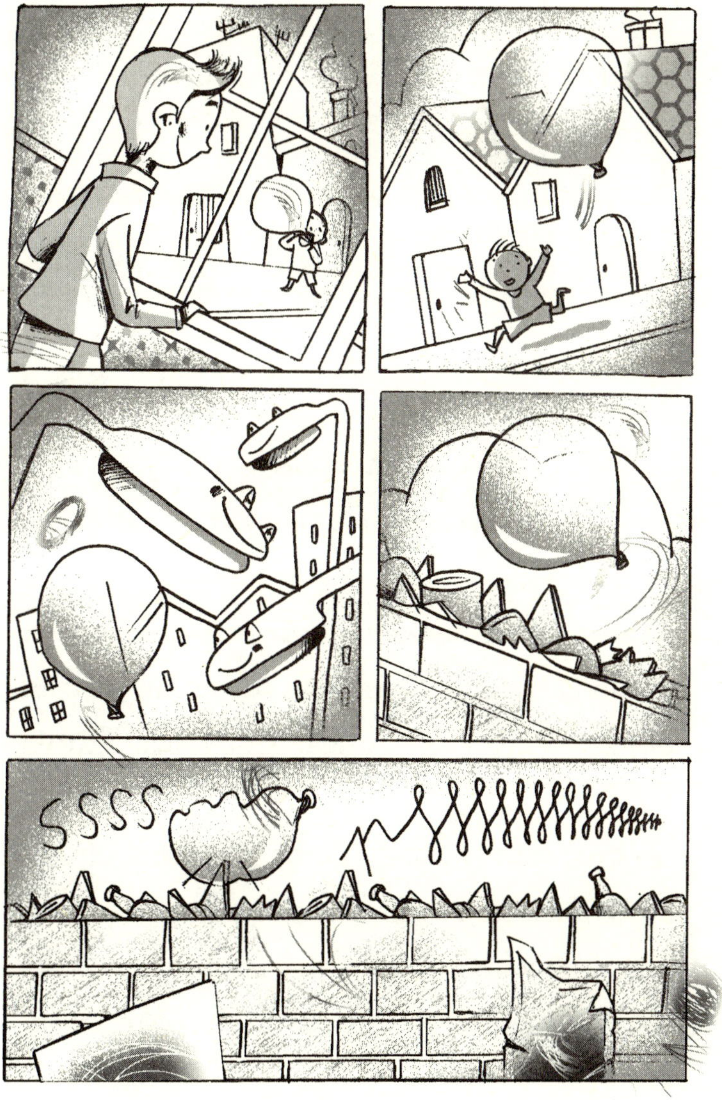
SSSS
pSSSSSSSSSSSS

Setena setmana
Un amic o una amiga

Aquest text m'agradarà molt escriure'l. A més, és una descripció, i a mi em surten molt bé les descripcions. Es veu que hi tinc traça. L'Anna ens ha tornat a recordar allò dels cinc sentits, no solament la vista. També hem preparat un esquema amb les coses importants per fer una descripció: hem d'escriure seguint un ordre, el que vulguem però que no podem començar, per exemple, pel cap i anar als peus i continuar amb un detall del caràcter i tornar al cap i després les ungles dels peus i cap al cap una altra vegada. Hem de triar un ordre i seguir-lo.

No ho havia dit encara, però hem de descriure el nostre millor amic o la nostra millor amiga de la classe, però no n'hem de dir el nom, perquè si la descripció està ben feta tothom ho ha d'endevinar.

I més coses, ens ha recomanat l'Anna: que mirem com dir les coses, que fem comparacions, que no sigui només una llista d'adjectius. Si és alt, podem dir que és alt com un campanar o com un sant Pau i si riu i li falten dues dents, podem comparar-ho amb els merlets de la torre d'un castell.

Com que havia de triar algú de la classe, he triat l'Aleix, que és un dels meus millors amics des de segon, que és quan ell va arribar a l'escola i el mestre el va fer seure al meu costat i em va dir que durant els primers dies li fes de padrí. No va ser gens difícil fer-nos amics, perquè...

Vaja, que ja anava a començar la descripció.

UN GRAN AMIC

Si te'l mires de costat, li veus un nas molt recte, com si l'hi hagués dibuixat el millor dibuixant del món. Un nas que si s'omplís de neu tots els esquiadors voldrien baixar-hi.

Ara bé, si te'l mires de front, el nas perd importància perquè tot són ulls. Uns ulls molt negres, com una nit sense lluna, com un gat negre, aquells que diuen que porten mala sort, però els ulls del meu amic no en porten, de mala sort. Tot el contrari.

No és gaire alt i és prim, però fort, no és com jo, que sembla que m'hagi de trencar. Ell és fort.

Té les dents de davant una mica separades i em sembla que aquest detall fa que tingui una expressió simpàtica, com de nen entremaliat, tot i que mai no ha trencat un plat, i és molt sincer, perquè quan en fa alguna sempre dóna la cara, i si la mestra li demana si n'ha fet alguna, ell sempre diu la veritat i, ni que li caigui el càstig més gros del món, mai no és espieta ni bocamoll.

Sap jugar molt bé a futbol, però és un patata jugant a bàsquet, que és l'esport que m'agrada més a mi. Ell somia que és en Messi, i jo, en Gasol.

Riu fort, i si es fa mal no li fa cap vergonya plorar, i un dia em va defensar d'un de l'institut que em volia pegar no sé per què.

El meu amic es va posar davant i va rebre un cop de puny al nas, en aquest nas tan recte i ben dibuixat que té, i li va sortir sang, però ell em va defensar com un lleó. Al meu nas no li va passar res i encara ara no sabem per què em volia estomacar, aquell galifardeu.

Somiem que sempre serem amics i que estudiarem biologia i que serem investigadors i descobrirem una vacuna contra totes les malalties i cap nen del món es posarà malalt.

Té una veu molt bonica i molt suau, com si fos el vent del mar que bufa les tardes xafogoses d'estiu. I parla alemany, perquè la seva mare és alemanya i es diu Greta, i aquest amic que descric s'assembla molt a la seva mare, però els ulls els té del pare. Com jo, però a l'inrevés, perquè jo m'assemblo al pare, però tinc els ulls de la mare.

Bé, ara us ha arribat el torn a vosaltres de fer l'esforç d'endevinar qui és un dels meus millors amics, tot i que us ho he posar fàcil, oi?

Vuitena setmana
Què vull ser quan sigui gran?

M'ho pensava que l'Anna ens faria escriure un text sobre què volem ser quan siguem grans. Jo ho tinc fàcil: no ho sé.

Però si només escric això em dirà que m'ho pensi millor, que segur que vull ser alguna cosa.

Invisible. Un nen invisible, és el que vull ser. Ara bé, ser invisible és no ser i no sé si em servirà. Quin embolic! Els nens o les nenes que volen ser astronautes, bomberes, actrius, cantants o portar un camió molt gros ho tenen més fàcil, però explicar que vols ser invisible té les seves dificultats. A més, amb això de la crisi no sé si deuen cobrar gaire, els invisibles.

Ara bé, ja que m'hi he de posar m'hi poso.

VULL SER INVISIBLE

Ser invisible té dues coses bones. La primera és que pots veure el que vols dels altres. Per exemple, a mi m'agradaria molt saber com viuen els meus jugadors de bàsquet preferits. Aniria darrere seu, pujaria amb ells al cotxe, sabria què mengen, amb qui viuen, de què parlen... Vaja, ho podria saber tot menys una cosa: no podria saber què pensen, perquè per saber què pensen hauria de poder entrar dins el seu cervell i aquest seria un altre desig.

Hi ha dues coses que m'agradaria saber dels jugadors de bàsquet, i ja sé que és una bestiesa, però no puc evitar-ho: saber si ells es tallen les ungles dels peus o si les hi talla algú, i saber si als vestidors es tiren pets o llufes i, si ho fan, quina cara fan els altres. Jo, quan algú de la classe es tira un pet o una llufa –una llufa encara millor–, em peto de riure, no ho puc evitar. Dec ser un marrà de mena, com diu una de les meves àvies.

També m'agradaria anar amb els meus amics o amigues a casa seva. O a casa l'Anna. Saber si parla de nosaltres amb el seu marit o si és tan simpàtica i exigent amb la seva filla com ho és amb nosaltres.

I saber els secrets de la gent. Però hi ha un perill: que després ho xerri a tothom, i a mi em sembla que si vols ser invisible també has de saber que no podràs explicar res a ningú, perquè a mi no m'agradaria gens que anessin xerrant els meus secrets, que per això són secrets, perquè no vols que els sàpiga ningú o només aquells que tu vols que els sàpiguen.

He dit que tenia dues coses bones i em queda explicar la segona. Estic segur que l'haureu endevinat. Tu pots veure què fan els altres, però... els altres no et veuen a tu.

A més a més, jo triaria ser invisible però que també fossin invisibles les coses que jo volgués i que estigués tocant, com la roba que porto, perquè anar despullat, tot i ser invisible, em tallaria molt. Per exemple, vaig a casa d'un veí, perquè segur que aniria a casa del veí del tercer tercera, perquè aquest home segur que amaga algun misteri, perquè hi ha nits que se senten uns sorolls molt estranys

que vénen de la seva habitació. Un dia li vaig preguntar a la mare què s'hi imaginava i em va dir que ella no sentia res, però per tot el que li explicava devia ser que ballava claqué. Doncs imagina't que ets invisible i que vas al pis d'aquest veí, t'asseus al seu sofà, perquè segur que deu tenir un sofà. Ell no et veu, però t'estàs menjant un gelat de vainilla amb *cookies* i tafanejant tot el que fa, però com que tu toques el gelat i vols que no es vegi, el gelat tampoc es veu. Ara, no pots badar, perquè si t'equivoques i desitges que el sofà no es vegi, pots organitzar un bon embolic i pots fer que la gent es pensi que ha perdut la xaveta.

Potser se sentirien les xarrupades que fas, però segur que no seran tan fortes com els sorolls que fa quan deu ballar claqué.

Podria ser espia i saber què pensen fer els governs i si volen començar una guerra, els remenaria els papers, faria tota mena d'entremaliadures per evitar-ho i, si convé, faria creure a la gent que estan malament del terrat i que no els votessin.

Novena i última setmana
Amb qui m'agradaria trobar-me

Vaja, per ser l'últim tema, perquè en broma en broma hem arribat al final del trimestre, s'hi ha lluït, l'Anna.

Li he preguntat si havia de ser algú viu i m'ha dit que qui volgués, fos real o imaginari, viu o mort. Fins i tot podia ser una cosa.

Hi ha molta gent amb qui m'agradaria trobar-me. Per exemple, amb els meus besavis, i estic segur que als meus avis els faria molta il·lusió reunir-se amb els seus pares i organitzar un dinar. Així podríem saber a qui ens assemblem.

També m'agradaria trobar-me amb els meus pares quan la mare estava embarassada de mi. Deu ser molt divertit saber què feien, què pensaven, com s'imaginaven que seria. Em sembla que els va agradar molt, tenir-me.

També m'agradaria molt trobar-me amb la primera persona que va mirar per un microscopi. Devia quedar de pasta de moniato quan va poder observar els microbis.

O trobar-me amb un diplodocus i poder viure uns dies amb ell i amb la seva família.

Tinc tantes ganes de trobar-me amb tanta gent i amb tantes coses que no acabaria mai de la vida. I he d'acabar. Millor dit, he de començar, perquè si em deixo emportar pels dubtes se m'acabaran menjant.

Vull trobar-me amb...

Uns segons de suspens.

Repeteixo la pregunta, miro cap al sostre, que és el lloc que miro quan no tinc les coses clares.

Compto fins a tres.

Un...

Dos...

Tres.

Ja ho tinc decidit.

VULL TROBAR-ME AMB ELS MEUS FILLS

Sí, voldria trobar-me amb els meus fills i filles. Amb els tres que vull tenir. I voldria que ens féssim una fotografia com la que presideix el menjador de casa.

El pare és al costat dret. Té agafada de la mà la meva germana Mercè. La mare és a l'altre costat i té agafat de la mà el meu germà, que ja se li nota que serà campió de natació perquè té una esquena que en fa tres com la meva. I jo al mig, entre els meus dos germans.

Doncs jo voldria poder reproduir aquesta fotografia. La meva dona i jo estaríem un a cada costat, com el pare i la mare, amb el mateix gest, una mica inclinats cap als fills, i els meus tres fills, agafats de nosaltres i entre ells. El petit, és clar, al mig.

M'agradaria veure la cara de sorpresa que els quedaria als pares si un dia, quan tornen de la feina, entren al menjador i veuen la fotografia dels meus fills penjada al costat de la que ells van penjar fa qui sap quan.

Jo els explicaria que la vida té misteris i que m'ha concedit un desig i era aquest que veuen penjat a la paret del menjador. Em sembla que els faria contents a tots. Els avis plorarien, n'estic segur, perquè són de llàgrima fluixa, com jo, que quan m'emociono no puc tancar les aixetes dels ulls.

Final

Bé, ja hem arribat al final del projecte. Sembla que va ser ahir i estem a punt de tancar el primer trimestre. Els dibuixos que ha fet en Nil són molt bonics, alguns m'han agradat moltíssim i envejo la traça que té per dibuixar. Els meus no han estat tan encertats, però he fet el que he pogut.

L'Anna ha quedat molt satisfeta de tot plegat. Ara, però, arriba la part més pesada. Acabar de revisar tots els textos, imprimir-los i col·leccionar-los. El penúltim dia de classe cadascú embolicarà amb paper de color el seu llibre i el regalarem a la gent de casa per Nadal. L'Anna ha dit que en deixarà una còpia a la biblioteca de l'escola, perquè tothom els pugui llegir.

El meu llibre el deixaré a la taula del dinar de Nadal. Serà una sorpresa per a tota la família. Tanco els ulls i els veig asseguts i llegint les meves redaccions i dient-ne meravelles. No n'hi haurà per tant, prou que ho sé, però els pares són així. I els avis també. Dels meus germans, n'espero alguna broma de les seves, alguna gracieta –és el que té ser el petit de la casa–, però estaran orgullosos de mi, n'estic convençut. I tots cantaran l'encert i la gràcia dels dibuixos i em sembla que en aquest punt tindran més raó.

Tinc ganes que arribi aquest moment.

Índex